Stéphane Hessel

La collection *Monde en cours*
est dirigée par Jean Viard

série *Conversation pour l'avenir*
proposée par Gilles Vanderpooten

Penseurs, écrivains, artistes, explorateurs, personnalités et citoyens engagés, gens de tous horizons qui marquent notre monde contemporain, par leur pensée et par leur action, ils nous aident à éclairer l'avenir.

Au fil de cette série de *Conversations*, Gilles Vanderpooten, membre de cette jeune génération qui va vivre et construire le monde de demain, questionne leurs parcours, leurs engagements, leurs perceptions des enjeux sociaux, sociétaux, économiques, écologiques… Quelles solutions ? Comment agir ? Où s'engager ?

Une série d'entretiens avec des personnalités captivantes, des témoignages précieux pour une civilisation en crise, des rencontres qui incitent à la réflexion, à l'engagement et à l'action.

Retrouvez la série, les auteurs et leur actualité sur
www.vivelavenir.org


www.editionsdelaube.com

ISBN 978-2-8159-0489-6

Stéphane Hessel

# Engagez-vous !

entretiens avec Gilles Vanderpooten

*éditions de l'aube*

Des mêmes auteurs (extraits) :

Stéphane Hessel

*Danse avec le siècle*, Seuil, 1997
*Dix pas dans le nouveau siècle*, Seuil, 2003
*Ô ma mémoire : la poésie, ma nécessité*, Seuil, 2006
*Citoyen sans frontières* (avec Jean-Michel Helvig), Fayard, 2008
*Indignez-vous !*, Indigène éditions, 2010
*Pour une société meilleure !*, (avec Philippe J. Bernard, Thierry Gaudin, Susan George, Stéphane Hessel, André Orléan), l'Aube, 2011

Gilles Vanderpooten

*Le tour de France du développement durable*, éd. Alternatives, 2010

*Cette* Conversation pour l'avenir
*entre Stéphane Hessel et Gilles Vanderpooten*
*s'est échangée entre septembre 2009 et janvier 2011*
*et est disponible sur CD audio*
*aux éditions Frémeaux et Associés.*

# Stéphane Hessel

*Stéphane Hessel naît alors que débute la Révolution russe. Mais plutôt que la rébellion, il préférera la voie de la diplomatie et des organisations internationales.*

*L'expérience de la Seconde Guerre mondiale – durant laquelle il échappe par deux fois aux camps de concentration – fait de lui un mondialiste et un européiste déterminé. Convaincu par l'urgence de s'unir pour prévenir de nouvelles catastrophes, croyant à la nécessité d'une organisation internationale du monde, il contribue à la rédaction de la Déclaration universelle des droits de l'homme de 1948. « Ce sera peut-être la période la plus ambitieuse de ma vie, avec le sentiment prenant de travailler non pour l'éternité mais pour l'avenir. »*

*Pionnier de l'ONU, ambassadeur de France, attaché aux Affaires étrangères puis au Programme des Nations unies pour le développement, il incarne un « civisme mondial » qui l'amène à s'engager tour à tour en faveur des droits de l'homme, des sans-papiers et des sans-logis, de la lutte contre les inégalités ou contre le conflit israélo-palestinien. Vénérable enthousiaste, présent sur tous les fronts, Stéphane Hessel fait de l'écologie l'un des principaux défis du XXI^e siècle. En homme optimiste, il croit la nature «riche en ruses multiples» et capable de déjouer tous les pièges de ses créatures.*

*Il appelle de ses vœux une Organisation mondiale de l'environnement, et enjoint les jeunes générations de faire vivre l'idée de résistance contre les scandales qui les entourent et qui doivent être combattus avec vigueur.*

### *Biographie chronologique*

20 octobre 1917 : Naissance de Stéphane Hessel à Berlin, Allemagne.

1937 : Acquiert la nationalité française. Entre à l'École Normale Supérieure.

1941 : Engagé dans la Résistance, il rejoint le général de Gaulle à Londres.

1944 - 1945 : Arrêté par la Gestapo, déporté vers Buchenwald puis Dora, il échappe par deux fois à la pendaison.

1945 : Commence sa carrière diplomatique.

1946 : Rencontre Henri Laugier, secrétaire général adjoint aux Nations unies.

1945-1948 : Participe à la rédaction de la Déclaration universelle des droits de l'homme.

1953 : Premier voyage en Afrique noire.

Juin 1954 : Entre au cabinet de Pierre Mendès France, président du Conseil.

1955 : Premier conseiller à l'ambassade de France à Saigon.

Mai 1958 : Fondation du Club Jean Moulin.

1970 : Administrateur adjoint du Programme des Nations unies pour le développement (PNUD) à New York.

1977 : Ambassadeur de France auprès des Nations unies.

1981 : Élevé à la dignité d'« Ambassadeur de France ».

1981 : Délégué interministériel pour la Coopération et l'Aide au développement.

1982 : Départ à la retraite.

1986 : Prend sa carte du parti socialiste.

1994 : Mission de médiation entre Hutus et Tutsis au Burundi.

1996 : Médiateur dans l'affaire des « sans-papiers » suite à l'occupation de l'église Saint-Ambroise.

2002 : Fondation du Collegium international éthique, politique et scientifique, à l'initiative de Michel Rocard et Milan Kučan.

2003 : Mission « Témoins pour la paix » en Israël et Palestine.

8 mars 2004 : Signe l'Appel des Résistants à l'occasion du 60e anniversaire du Programme du Conseil national de la Résistance.

2006 : Élevé à la dignité de grand officier de la Légion d'honneur.

Août 2006 : Lance un appel contre les frappes israéliennes au Liban.

2008 : Lance un appel pour que le gouvernement français mette à disposition des fonds afin que tous les sans-logis puissent obtenir un toit.

2008 : Prix UNESCO/Bilbao pour la promotion d'une culture des droits de l'homme.

15 mars 2009 : Soutien à Europe Écologie aux élections européennes.

17 décembre 2009 : Coécrit la Charte de la gouvernance mondiale, avec Fernando Henrique Cardoso, Michel Rocard, Milan Kučan, Edgar Morin, René Passet, Michael W. Doyle.

2010 : Candidat « symbolique » d'Europe Écologie aux élections municipales de Paris.

Octobre 2010 : Publication de *Indignez-vous !* (Indigène éditions).

# Engagez-vous !

## Résistances contemporaines

*Gilles Vanderpooten. – L'un des messages que vous adressez à la jeunesse, c'est résister, comme vous l'avez fait vous-même. Vous dites : « Il suffit qu'il y ait une minorité solide, active, de jeunes qui considèrent que l'engagement signifie quelque chose, et à ce moment-là nous aurons une France résistante.*[1] *» Comment transposer la Résistance aujourd'hui ? Et dans quelles luttes faut-il précisément s'engager ?*

Stéphane Hessel. – La Résistance a été un moment historique très particulier, qui n'a aucune raison de se reproduire sous cette forme : un pays occupé, des gens qui doivent résister à une situation qui leur est insupportable.

---

1. Dans *Walter, retour en résistance*, documentaire de Gilles Perret.

Mais nous sommes aujourd'hui face à des situations insupportables et contre lesquelles nous devrions avoir le même type de réaction. À l'époque de la Résistance, nous étions indignés par l'occupation nazie, Auschwitz, le nazisme, l'antisémitisme… Et nous espérions faire vivre les valeurs du Programme du Conseil national de la Résistance dès que la France serait libérée.

*G. V. – Le programme du Conseil national de la Résistance appelait à des mesures très concrètes, comme « le retour à la nation des grands moyens de production monopolisés, fruit du travail commun, des sources d'énergie, des richesses du sous-sol, des compagnies d'assurances et des grandes banques ». Pensez-vous que ces mesures sont toujours d'actualité ?*

S. H. – Bien entendu, les choses ont changé en soixante-cinq ans. Les défis ne sont pas les mêmes que ceux que nous avons connus à l'époque de la Résistance. Le programme que nous proposions à l'époque ne peut donc plus s'appliquer intégralement aujourd'hui, et il ne faut pas faire de suivisme aveugle. Par contre, les valeurs que nous affirmions sont constantes, et il faut s'y attacher. Ce sont les valeurs de la République et de la démocratie. Je pense que l'on peut juger les gouvernements successifs à l'aune de ces valeurs.

Il y avait dans le programme du Conseil national de la Résistance l'affirmation d'une vision, et cette vision est toujours valable aujourd'hui. Refuser le diktat du profit et de l'argent, s'indigner contre la coexistence d'une extrême pauvreté et d'une richesse arrogante, refuser les féodalités économiques, réaffirmer le besoin d'une presse vraiment indépendante, assurer la sécurité sociale sous toutes ses formes… nombre de ces valeurs et acquis que nous défendions hier sont aujourd'hui en difficulté ou même en danger.

Beaucoup des mesures qui ont été récemment adoptées choquent mes camarades résistants – et nous choquent – car elles vont à l'encontre de ces valeurs fondamentales. Je pense qu'il faut s'en indigner, notamment chez les jeunes. Et résister !

Résister, c'est considérer qu'il y a des choses scandaleuses autour de nous et qui doivent être combattues avec vigueur. C'est refuser de se laisser aller à une situation qu'on pourrait accepter comme malheureusement définitive.

*G. V. – Où sont les principaux scandales aujourd'hui ?*

S. H. – Je pense que le scandale majeur est économique ; c'est celui des inégalités sociales, de la juxtaposition de l'extrême richesse et de l'extrême pauvreté sur une planète interconnectée. Il ne réside pas seulement dans l'existence des pays riches et des pays pauvres, mais dans l'aggravation de l'écart qui existe entre eux, particulièrement ces vingt dernières années. La lutte pour qu'il diminue est tout à fait insuffisante.

Il faut porter ce fait devant la jeune génération. Mais résister à ce type d'injustice est beaucoup plus complexe que résister à l'occupation allemande. À l'époque, on rejoignait un groupe de Résistants, on faisait sauter un train… C'était relativement simple ! Aujourd'hui, c'est en réfléchissant, en écrivant, en participant démocratiquement à l'élection des gouvernants que l'on peut espérer faire évoluer intelligemment les choses… bref, par une action de très long terme.

*G. V. – Comment illustrer le « scandale de l'inégalité » qui peut apparaître lointain à nombre d'entre nous ?*

S. H. – Il ne suffit pas de s'indigner de « l'injustice du monde », comme s'il s'agissait d'un vaste panorama… Très concrètement, l'injustice se présente à ma porte, là, tout de suite.

Je vis en France, où il y a des riches et des pauvres. Il y existe des situations où cette pauvreté est plus particulièrement sensible, et se manifeste dans le fait qu'on n'agit pas comme l'on devrait pour des personnes qui se trouvent tout à coup au chômage et perdent leurs moyens d'existence, alors que leurs patrons gagnent des sommes considérables.

Que puis-je faire face à cette situation ? Je peux prendre contact, leur apporter un concours intellectuel ou militant, aider les personnes qui vivent dans des situations scandaleuses. Cette différence entre les très riches et les très pauvres qui suscite mon indignation peut me mener à une action concrète. Pour ce premier défi, le mot « résister » peut avoir un sens concret.

Quand je rencontre des lycéens et des collégiens qui en sont encore à décider de leur vie, mon message est de leur dire : « Interrogez-vous sur ce qui vous indigne et vous scandalise, et quand vous l'aurez découvert, tâchez de connaître comment concrètement il vous est possible d'agir pour lutter contre. »

*G. V. – La résistance n'est pas qu'intellectuelle ; elle exige la mise en pratique, le passage à l'action. De ce point de vue, la jeunesse d'aujourd'hui n'est-elle pas trop conformiste ?*

S. H. – Résister, ça n'est pas simplement réfléchir ou décrire. Il faut bien entreprendre une action. Or je suis relativement pessimiste sur ce point : la jeune génération manifeste peu de résistance par rapport à ce qui la scandalise et contre quoi elle devrait agir.

Les jeunes sont aussi capables que moi de reconnaître ce qu'il y a de scandaleux dans l'injustice économique et sociale, dans la dégradation de la planète, dans la violence non réprimée au Darfour, en Palestine, dans certaines régions d'Afrique et du Moyen-Orient. Il est normal qu'on y réfléchisse et qu'on en parle... Mais comment faire pour que cela aboutisse à un engagement pratique ?

Toutefois, il leur arrive de s'indigner : on l'a vu à l'occasion des manifestations autour de la réforme des retraites ; au-delà de telle ou telle revendication, il y a le sentiment que la jeunesse n'est pas écoutée, et qu'elle n'est pas satisfaite par la façon dont elle est gouvernée. Je suis préoccupé par l'écart incommensurable qui existe entre les forces politiques et la jeunesse française.

*G. V. – À propos du conflit israélo-palestinien, vous vous êtes fermement exprimé en faveur des droits des Palestiniens et contre la politique du gouvernement israélien. C'est un engagement fort et déterminé de votre part, mais non sans risque : on est allé jusqu'à vous poursuivre pour « provocation publique à la discrimination » !*

*D'où cette question : prendre position et s'engager, est-ce nécessairement prendre des risques ? Doit-on parfois renoncer à sa liberté d'expression ?*

S. H. – Non ! La liberté d'expression – au moins en France – est un acquis auquel il ne faut renoncer en aucun cas. Les risques que l'on sera peut-être amené à prendre sont la marque d'un caractère ferme.

*G. V. – Lorsque l'on regarde autour de soi, on constate que les raisons de s'indigner sont nombreuses et peuvent concerner une grande partie de la population. Pensons aux inégalités salariales, aux délocalisations industrielles qui conduisent les ouvriers au néant, à la difficulté pour les jeunes à trouver un premier emploi, voire même aux cadres qui se sentent de plus en plus dépossédés de leur travail – appauvrissement du contenu du travail, culture de la « pression », méthodes de management hasardeuses et conflictuelles, etc. De manière plus générale, face à la crise qui se manifeste, et face aux inégalités qui croissent partout dans le monde, une révolte est-elle possible, voire souhaitable ?*

S. H. – Ma génération a contracté une véritable allergie à l'idée de révolution mondiale. Un peu parce que nous sommes nés avec elle. Moi qui suis né en 1917, année de la Révolution russe, c'est une caractéristique de ma personnalité. J'ai acquis le sentiment, peut-être injuste, que ce n'est pas par des actions violentes, révolutionnaires, renversant les institutions existantes, que l'on peut faire progresser l'histoire.

Je suis convaincu que des progrès sont possibles par la coopération entre les forces en présence. Je suis un partisan inconditionnel de l'Onu. Je considère que les deux choses que ma génération a réussies, c'est de créer la Charte des Nations unies, et par la suite la Déclaration universelle des droits de l'homme, et d'autre part d'avoir pacifié l'Europe. Mais aussi la décolonisation. Ce sont des acquis auxquels on doit tenir. Il ne faut pas les remettre en question, même s'ils n'apportent pas encore la solution à des problèmes plus graves.

Je crois que les Nations unies ont accompli certains progrès ; il faut les renforcer, les soutenir, leur donner plus d'autorité et de ressources, plutôt qu'essayer de les démolir et de vouloir les remplacer. Mais un jeune de vingt-cinq ans peut se poser la question : est-ce que nous devons continuer, bâtir plus, ou créer tout à fait autre chose ?

Dans toutes les sociétés existe une violence latente qui est capable de s'exprimer sans retenue. Nous avons connu cela avec les luttes de libération coloniale. Il faut avoir conscience que des révoltes, ouvrières par exemple, sont encore possibles. Mais c'est peu probable étant donné la façon dont l'économie s'est développée et globalisée. Le genre *Germinal*, c'est un peu dépassé.

Par contre, étant donné que les moyens de la violence se sont accrus, même un petit groupe radicalisé peut faire beaucoup de mal. Donc il ne faut pas exclure l'idée que les démocraties, mais aussi les tyrannies, ne doivent leur stabilité qu'a quelque chose de fragile.

Qu'est-ce que cela impose comme tâche aux membres d'une jeune génération ? C'est de prendre au sérieux les valeurs sur lesquelles ils fondent leur confiance ou méfiance dans ceux qui les gouvernent – c'est le principe de la démocratie, par lequel on peut avoir de l'influence sur ceux qui prennent les décisions.

Je crois que la différence entre ma génération et la vôtre, c'est que mon civisme était encore essentiellement national – je me préoccupais du bon fonctionnement de la France et de sa survie ; aujourd'hui, il est probable qu'on se rapproche d'un civisme global, ne serait-ce que parce qu'on se rend compte qu'aucun État individuel n'est en mesure de faire face à ces défis dont nous parlons. Et qu'il a beau être le mieux gouverné possible, cela ne suffit pas ; il faut encore qu'il fasse partie d'un ensemble.

*G. V. – À côté, voire en lien direct avec la question des inégalités : l'environnement…*

S. H. – La dégradation de la planète et de l'environnement, c'est le deuxième grand défi, partout et maintenant. C'est probablement le défi le plus mobilisateur pour la jeune génération. Ce qui nous indigne actuellement, c'est que la planète va mal, que l'on ne fait pas ce que l'on devrait, qu'on laisse faire. Là aussi le mot résister peut avoir un sens concret : protester contre l'action des grandes compagnies pétrolières ou contre des gens dont l'action est contraire à la nécessité de prévoir et de combattre ces dégradations.

*G. V. – Considérez-vous que l'engagement écologique est aussi évident et aussi impérieux que l'était pour vous la Résistance ?*

S. H. – Je crois en effet que l'engagement pour l'écologie est aussi fort que l'était pour nous l'engagement dans la Résistance.

L'intérêt du mot « écologie » est qu'il s'articule en problèmes très concrets, certainement plus facilement que l'engagement dans la lutte contre l'injustice. L'engagement de votre génération pour limiter la consommation excessive d'énergie et de ressources, c'est un des engagements concrets où l'on peut déjà agir par soi-même et avec des organisations constituées pour résister aux dérives automobiles, nucléaires, etc. On peut s'y engager individuellement ou collectivement, en donnant un sens très concret à ce contre quoi on lutte.

## Du développement au développement durable

*G. V. – Vous avez émis une critique déterminée de la conception très libérale du développement tel qu'il a longtemps été conçu par les États-Unis.*

S. H. – Le mot «développement» est à prendre avec précaution. Il ne s'agit pas d'imposer à tel peuple qui n'en disposerait pas encore les moyens de production et d'exploitation des ressources que nous, les pays du Nord, industrialisés, nous avons utilisés pour nous amener au point de domination économique.

Lorsque le président Truman lançait le plan Marshall, il ne parlait que d'assistance technique avec un appui financier, qui aurait essayé d'amener les régions à se familiariser avec les techniques d'industrialisation. Il imaginait que grâce à cela, suivant les étapes «logiques» du développement telles que définies par Rostoff, il y aurait une évolution de toutes les sociétés et des populations du monde qui suivrait le même chemin que celui de l'Europe, du Canada et des États-Unis. On s'est assez vite aperçu que ça ne collait pas. Que cela n'avait pour effet que de rendre plus facile l'exploitation par les pays déjà industrialisés des ressources des pays que l'on était en train de développer. On a compris peu à peu – et l'étape majeure de cette appréhension a été la conférence de Paris sur les pays les moins avancés (1981) – que les progrès en bien-être, qui n'étaient pas forcément les progrès en terme de produit intérieur brut (PIB), ne pouvaient émaner que de la prise en compte par les populations de leur évolution plutôt que de leur développement, c'est-à-dire de leur souci d'une éducation, d'une protection de la santé, d'une protection de leur culture et de leur identité propres… Tout cela a été décrit, et rendu perceptible, par quelqu'un dont on ne parle pas assez, l'économiste pakistanais Mahbub ul Haq, qui a traduit cela par le concept de l'Indicateur de développement humain (IDH).

*G. V. – Comment concevez-vous un développement bénéfique ?*

S. H. – Je suis de plus en plus convaincu que ne sont utiles pour l'évolution des pays pauvres que les actions qui partent de la protection de ces pays contre les ravages de l'économie commerciale mondiale, et de la mise en œuvre progressive de ces bases de toute évolution que sont la scolarisation, l'alphabétisation, la santé, la production la plus proche du sol – donc de l'agriculture et de l'autosubsistance…, donc de la protection des ressources propres, par rapport à l'excès d'importations subventionnées des pays déjà riches.

Dès 1948, je me suis trouvé lié à des actions au sein du Programme des Nations unies pour le développement. J'ai pratiqué le développement avec le sentiment de rencontrer beaucoup d'échecs, plus nombreux que les succès.

Il y a eu des progrès pour certaines populations, notamment celles qui ont pris en main leur développement comme en Amérique Latine, en Corée du Sud, en Indonésie. Mais les quarante années entre 1948 et 1988 ont essentiellement été marquées par des échecs. Le développement ne s'est pas fait comme on l'espérait.

Néanmoins, on a appris ; depuis vingt ans, on voit un réel progrès : la pauvreté commence à être combattue plus efficacement. Par contre, l'aide n'a pas progressé : elle est restée très insuffisante – en 1964, on prévoyait d'y consacrer 0,7 % du PIB ; or on est aujourd'hui à 0,25 %. Je suis très critique à l'égard des pays industrialisés qui n'ont pas tenu leurs engagements.

*G. V. – Comment s'engager dans ce sens aujourd'hui ?*

S. H. – Parmi les engagements vraiment précieux que peut prendre la nouvelle génération, c'est cette fois d'agir pour le développement en coopération avec les jeunesses des pays pauvres. Les générations de vos parents ont surtout connu la période où l'on essayait de faire des choses, mais sans en avoir les moyens ni la stratégie. Aujourd'hui j'estime que quelqu'un qui a vingt-cinq ans et qui a un contact humain avec des Asiatiques ou des Africains peut trouver le moyen de donner un sens à sa vie en les aidant à surmonter leurs propres difficultés.

*G. V. – Que pensez-vous de la notion, très contemporaine, de « développement durable » ?*

S. H. – La notion de développement soutenable est plus parlante – car « durable », qu'est-ce que c'est que la durée… ? Le développement s'appuie sur des ressources naturelles. Or la Terre se dégradant, elle risque de ne plus être en capacité de délivrer les ressources nécessaires au développement.

Le développement soutenable signifie qu'il ne faut pas exploiter les ressources de manière sauvage et pour le court terme. Il faut au contraire les traiter comme le ferait un bon jardinier, c'est-à-dire faire pousser des plantes ou faire naître des techniques dans des conditions qui leur permettent de continuer à se développer : l'énergie et les ressources doivent être renouvelables.

Cela ne veut pas dire qu'il faut produire moins, mais autrement : produire beaucoup moins de ressources qui risquent de mettre en danger la planète, et produire davantage de ressources qui répondent aux besoins réels des populations. C'est la différence entre l'agriculture d'exportation et l'agriculture de subsistance.

*G. V. – La défense d'une agriculture de subsistance, locale, justement, c'est un sujet qui vous préoccupe, si j'en crois votre engagement auprès de l'ONG Agrisud...*

S. H. – L'agriculture traditionnelle était une manière utile de parvenir à un certain respect du droit à l'alimentation – droit fondamental inscrit dans la Déclaration universelle des droits de l'homme. Or l'agriculture pratiquée ces dernières années dans les pays en développement, majoritairement industrielle et exportatrice, a eu des effets destructeurs. Elle n'a pas permis de lutter efficacement contre la sous-alimentation ; de plus, elle a favorisé les importations agricoles en provenance des pays industrialisés qui concurrencent et ruinent le commerce des paysans locaux. Il faut donc la réformer.

Inscrit dans les objectifs du Millénaire pour le développement, le but de réduire de moitié le nombre de pauvres, donc des sous-alimentés, d'ici 2015, est très loin d'être atteint. Des centaines de milliers de personnes continuent à mourir de faim, malgré les révolutions vertes successives. Ces révolutions ont fait plus de mal que de bien, et aujourd'hui nous avons à l'évidence besoin d'autres modes d'agriculture. L'agroécologie est une des solutions, parce qu'elle est à la fois soucieuse de l'environnement et de l'alimentation. C'est ce que nous défendons avec Agrisud : une agriculture qui permette intelligemment cette alimentation, et qui puisse nourrir les 10 milliards d'êtres humains attendus sur cette Terre dans les prochaines décennies. L'agroécologie, c'est possible, cela existe, et il faut la généraliser. Le travail est énorme, et nous avons besoin pour y parvenir de l'engagement des États, des institutions, des entreprises – et bien sûr des citoyens.

*G. V. – La notion de développement n'est-elle pas en soi sujette à discussion ?*

S. H. – Si par développement on entend de plus en plus de technique, de plus en plus d'énergie – soit de plus en plus de ce que nous faisions déjà –, il est évident que l'on va dans le mur.

Dans la pratique, nous ne pouvons que souhaiter que certains pays aient davantage de ressources à leur disposition, et qu'ainsi donc ils se développent ! Mais il faut que ces ressources soient compatibles avec le maintien d'un équilibre écologique. Plus globalement, notre enrichissement doit être essentiellement culturel, spirituel, éthique, plutôt qu'un enrichissement purement quantitatif qui se traduit par un accroissement de quantité d'énergie utilisée, ou de produits financiers mis sur le marché. Il faut rompre avec cette pensée productiviste, motivée par le « toujours plus ».

## La construction de la conscience écologique

*G. V. – Vous êtes né et vivez citadin… Avez-vous une sensibilité particulière à la nature ? Autrement dit, comment avez-vous évolué dans la prise en compte de l'écologie dans votre cheminement ?*

S. H. – Je constate mon retard par rapport à la préoccupation environnementale concrète. Autant, travaillant tout au long du siècle passé au sein des Nations unies durant lequel j'ai vu surgir la conférence de Stockholm, j'ai travaillé avec des gens qui menaient ce combat pour l'environnement, autant je constate que dans mon comportement individuel, je reste très coupable… Par exemple, je n'ai plus de voiture non pas parce que c'est un objet polluant mais parce que je n'en ai plus besoin !

Cette problématique est très nettement une question de génération.

Vous avez évoqué la Déclaration universelle des droits de l'homme : cela semble étonnant aujourd'hui, mais le mot « Terre » n'y figure pas ! À l'époque, on n'était absolument pas conscient du risque qu'il y avait à exploiter exagérément les ressources de la nature.

L'apprentissage en matière d'écologie pour quelqu'un comme moi se fait pas à pas. La lecture de Jacques Robin et de son ouvrage, *Changer d'ère*[1], a été un moment important de mon cheminement, comme l'est par ailleurs celle d'Edgar Morin. Ces personnes sont les propagateurs d'une conscience accrue aux problèmes écologiques.

Je deviens plus sensible au problème de l'écologie intellectuellement avant de l'être dans la pratique quotidienne. Et quand je parle avec des gens de votre génération, je leur dis toujours : « Un de vos défis les plus importants, c'est la Terre. »

*G. V. – Que signifie pour vous aujourd'hui « être écologiste » ?*

S. H. – Être écologiste, c'est se rendre compte – ce qui depuis est devenu une

1. Seuil, 1989.

évidence – que l'homme n'est pas le maître de la nature mais qu'il est un objet naturel, et par conséquent que l'évolution de la planète est un cadre dans lequel lui-même évolue.

Comprendre comment évolue la nature, quels sont les risques qu'elle court, soit par elle-même soit par l'action des sociétés humaines, c'est ouvrir la voie à une stratégie intelligente pour préserver les équilibres indispensables sans lesquels la survie des sociétés humaines n'est pas possible.

C'est la façon dont j'envisage le changement : le nouvel homme n'est plus l'homme de la Bible auquel Dieu dit : « Tu seras le maître de la nature », mais c'est l'homme instruit par une meilleure connaissance du fonctionnement de cette nature.

## Écologie et action politique

*G. V. – Par votre situation d'observateur privilégié, vous avez suivi l'ensemble des sommets internationaux sur la question environnementale depuis Stockholm en 1972, jusqu'à la conférence sur le climat de Cancún. Pensez que les décisions qui en découlent sont à la mesure de l'urgence des enjeux ?*

S. H. – J'ai suivi les grandes conférences mondiales de Stockholm, Rio, Johannesburg. Lors de la première conférence des Nations unies sur l'Environnement qui s'est tenue en 1972 à Stockholm, on avait beau dire : « Attention, il y a des choses graves qui peuvent se produire », les gens rigolaient. En 1992, à Rio, on a redit à peu près la même chose, mais avec plus de précisions encore, et les mêmes gens ne rigolaient déjà plus. À Johannesburg, en 2002, on a avancé avec sérieux sur les mesures à prendre. Les idées et les enjeux liés à l'environnement, l'écologie, le climat, ont mis plus de trente ans à s'imposer à tous les pays…

Au début, je ne comprenais pas vraiment d'où venait le problème. C'est Thierry Salomon[1], avec qui j'ai fait plusieurs voyages, qui m'a bien montré l'importance de ne pas simplement se soucier de la dégradation de la planète, mais de voir quels sont les points où nous courons des risques et où nous pouvons intervenir.

Au fond, le problème qui pour moi est essentiel dans le rapport d'une vieille génération avec une jeune génération, c'est de lutter contre la désespérance. Et il y a, parmi les risques que court la planète, celui de la désespérance. On peut être tenté de se dire : « C'est trop tard, c'est fichu, il n'y a plus rien à faire, nous sommes perdus. » Mais nous avons déjà connu bien des problèmes qui ont pu être surmontés : il n'y a pas de raison que ce qui paraît aujourd'hui probablement fichu ne puisse être probablement sauvé.

---

1. Ingénieur énergéticien, promoteur des énergies renouvelables et du concept de « négaWatt », qui « représente l'énergie non consommée grâce à un usage plus sobre et plus efficace de l'énergie ».

Là où nous tombons sur un os, c'est lorsqu'on s'aperçoit qu'après la conférence de Rio, qui a accouché de « l'Agenda 21 » stipulant une série d'engagements, on se rend compte qu'ils n'ont pas été tenus par les États. Entre les États soucieux de leur défense gouvernementale et politique et le besoin de réaliser cet Agenda, il manque un facteur important.

Comme je suis un partisan de l'institutionnalisation des problèmes mondiaux, je reconnais que les Nations unies ont réussi à créer un Programme des Nations unies pour l'environnement (le PNUE), mais c'est une petite chose, qui dispose de très peu de ressources. Même après Rio, même après Johannesburg…

*G. V. – À quand une Déclaration internationale pour la préservation de la planète ? On attend toujours une OME – Organisation mondiale pour l'Environnement…*

S. H. – Oui, il nous manque toujours une Organisation mondiale pour l'environnement, comme nous avons une Organisation mondiale pour le commerce (OMC), ou un haut commissaire des Nations unies pour les Droits de l'homme. Si on y ajoute le Fonds monétaire international (FMI), ces instances devraient travailler ensemble, avec un rôle presque supérieur donné à l'OME parce que le défi qu'elle doit relever est encore plus grave, plus proche, plus dangereux, que les autres.

Il nous faut une communauté internationale dont la stratégie serait d'abord mise en place par une OME, à laquelle se plieraient l'OMC et le FMI... Mais les États résistent.

C'est un peu la même situation que pour le droit pénal international : il n'existe que dans la mesure où les États acceptent de le tenir pour supérieur à leur souveraineté individuelle. Pour qu'une OME puisse s'imposer aux États, il faut que ceux-ci lui donnent l'autorité nécessaire.

Et même si les États membres se mettent d'accord pour proposer quelque chose au sein d'une OME... comment être sûrs qu'eux-mêmes agiront dans le sens des décisions que cette OME prendra, et de manière assez forte pour que ce soit efficace ?

*G. V. – Face à cette nécessité d'une OME, ne trouvez-vous pas que la question du changement climatique telle qu'elle a été posée par Copenhague a manqué d'ambition ?*

S. H. – J'ai ressenti une grande satisfaction en voyant que le sommet de Copenhague a été convoqué par les Nations unies, à la différence des G7, G8, G20 qui ne sont convoqués que par les États eux-mêmes et sans se fonder sur une légitimité mondiale qui ne peut être attribuée actuellement qu'à l'Onu. Copenhague, comme Rio et Johannesburg, a été convoqué au nom des 192 États de la planète. C'est donc une étape très importante qui a été franchie.

Pour le moment, c'est le réchauffement climatique qui est mis en vedette. On sait déjà que c'est très insuffisant par rapport aux autres risques.

Est-ce que ce sera un exemple utile montrant qu'on peut progresser ? Oui s'il y a des résolutions pratiques et utiles. Mais j'attends toujours que cette idée d'une Ome se concrétise. Le président des États-Unis, Barack Obama, a semblé s'y intéresser. C'est précieux. On ne peut pas dire que rien ne bouge, que la perspective d'une action plus énergique pour l'environnement ne soit pas dans les esprits… Mais on peut aussi se rendre compte que s'il n'y a pas une formidable prise de conscience par ceux qui demain vont prendre les responsabilités, cela risque de prendre encore beaucoup de temps…

*G. V. – Revenons à un niveau plus franco-français : à propos du Pacte écologique de Nicolas Hulot, certains ont déploré l'asservissement du politique aux exigences de la mouvance écologiste… Qu'en avez-vous pensé ? J'ai noté chez vous l'expression de « nicolas-hulotisme » : qu'entendez-vous par là ?*

S. H. – Nicolas Hulot a eu l'intelligence de ne pas se mettre à l'intérieur d'un parti, mais de présenter l'obligation vis-à-vis de l'environnement comme dépassant les divergences des partis. Je considère que c'est comme cela qu'on fait progresser une prise de conscience et donc éventuellement un engagement, une mobilisation, une action.

C'est la raison pour laquelle j'ai été très heureux de voir que la bande de Daniel Cohn-Bendit, d'Eva Joly, de Nicolas Hulot, a voulu donner à l'Europe une forte composante écologique. Dans l'esprit de ses promoteurs, cette coalition était certes de gauche – car on ne voit guère que la gauche pour bousculer les conservatismes économiques qui s'opposent à une véritable prise en compte de l'écologie –, mais elle n'était pas liée à un seul parti. Elle a voulu faire le lien entre tous ceux qui considèrent que l'environnement est suffisamment important pour être primordial au sein du Parlement européen.

J'appelle de mes vœux une coordination très étroite entre la gauche européenne – dont on a absolument besoin et qui de son côté se donnera comme premier objectif la lutte contre l'injustice – et l'Europe écologique, qui aura pour premier objectif la protection de la planète.

*G. V. – Vous vous êtes récemment engagé en politique, en apportant votre soutien à Europe Écologie. Pourquoi cet engagement maintenant ?*

S. H. – J'ai apporté mon soutien à Europe Écologie lors des élections européennes de juin 2009, puis à l'occasion des régionales de 2010 en Île-de-France comme candidat en position non éligible à titre symbolique. C'est la première fois de ma longue vie que je me portais candidat.

Pourquoi cet engagement ? Je me considère depuis toujours comme socialiste – c'est-à-dire, selon le sens que je donne à ce terme, conscient de l'injustice sociale. Mais les socialistes doivent être stimulés. J'ai l'espoir de voir émerger une gauche courageuse, impertinente s'il le faut, qui puisse peser et défendre une vision et une conception des libertés des citoyens. De plus, il me semble important qu'il y ait des Verts dans les institutions, pour que la notion de préservation de la planète progresse.

Comme nous l'avons souligné dans un texte[1], ce que le rassemblement Europe Écologie incarne, c'est une prise en compte de la réalité dans sa globalité – non seulement environnementale, mais humaine, sociale, économique, politique et culturelle. Il ne s'agit pas de se complaire dans le sauvetage ou le rejet du système mis à mal par la crise, mais bien de réfléchir à des alternatives crédibles.

*G. V. – Le Pacte écologique a inspiré le Grenelle de l'environnement. Le Grenelle tel qu'il a été lancé par le président de la République marque-t-il une réorientation politique forte ?*

S. H. – Je serai assez généreux à cet égard : c'est très bien d'avoir convoqué ce Grenelle de l'environnement, et on peut espérer que cette initiative a été prise de bonne foi. Ce qui est plus problématique, c'est comment on va utiliser ce

1. *Pour une politique de l'espérance : Europe Écologie*, par Stéphane Hessel, Paul Virilio et Peter Sloterdijk.

qui a été concocté lors de ce Grenelle. On peut craindre que ce ne soit pas une préoccupation essentielle de notre président actuel, qui poursuit d'autres objectifs – comme celui de se faire réélire en 2012.

C'est là que nous revenons à une question fondamentale : que sont l'opinion publique et l'opinion des jeunes ? Que vont-elles retenir avec suffisamment de force pour imposer, au moins dans les démocraties, leur point de vue à leurs dirigeants ?

Là, nous rencontrons un autre problème, à mon avis au cœur de tout ce que nous pouvons dire, vous et moi : c'est de savoir quelle confiance on peut avoir dans l'efficacité de l'engagement civique. Il est évidemment plus facile de considérer que ce n'est pas de ma responsabilité – que je n'aime pas ceux qui portent actuellement la politique et que je les considère comme n'étant pas de bonne foi – et dès lors me consacrer à mes préoccupations privées... Je crois que cette tendance existe dans toutes les sociétés. Du temps de Vichy, cela existait dans une majorité de la société française. On retrouve aujourd'hui cette différence entre militants, résistants, mobilisés, et la masse. Je serais tenté de dire que les changements n'ont jamais été le fait de plus de 10 à 20 % de personnes physiques, qui ont vraiment bougé, et que les autres suivent. C'est déjà faire preuve d'un certain optimisme.

*G. V. – Le multiculturalisme est quelque chose qui vous tient à cœur. De fait, il est indéniable qu'il faut s'ouvrir aux autres cultures. Mais en même temps en découlent des effets pervers. Comment analysez-vous le fait que des pays profondément imprégnés de cultures très différentes des nôtres se soient laissés envahir par l'idéologie consumériste propre à notre mode de développement ? Je pense à des pays comme la Chine, l'Inde, le Japon, qui ont mis en place des économies destructrices de la nature alors même qu'ils avaient structuré des philosophies de proximité avec la nature… sous le regard ou l'absence de regard des grandes institutions internationales.*

S. H. – C'est le principal reproche que l'on peut faire aux vingt dernières années de notre histoire. La globalisation culturelle a fait passer pour exemplaire le développement culturel des pays les plus riches, parfois des pays les plus puissants – URSS, Chine post-Mao. Ces cultures ont une tendance naturelle à l'expansion : nous Européens avons été les premiers à engager ce mouvement. C'est de l'Europe, la première partie du monde qui a acquis beaucoup de richesse et de puissance, que sont nées les acculturations d'autres régions : l'Amérique, la Russie soviétique sont filles de l'Europe. Cette tendance à l'expansion a créé des risques réels : on a encouragé une économie prédatrice de la Terre.

La jeune génération peut se donner comme objectif de protéger la diversité heureuse des cultures. Nous en avons besoin sur le plan de l'agriculture – les OGM et les multinationales qui les distribuent sont de véritables dangers car ils limitent la diversité des cultures. De même, on irait dans le mur s'il n'y avait plus qu'une culture, soit-elle américaine ou chinoise. Protéger la multiplicité des cultures et veiller à ce qu'elles se respectent mutuellement, c'est important.

Le droit de chacun à sa culture et le droit qu'elle soit considérée par les autres comme une réalité à respecter, c'est ce qui permet à la coexistence des cultures de créer autre chose que la confrontation.

## Crise et institutions internationales

*G. V. – La crise n'est pas qu'une crise économique et financière, elle est une « polycrise », comme la qualifie Edgar Morin. Au plan économique, on incrimine le manque de régulation. Vous qui êtes un inconditionnel de l'ONU, comment voyez-vous la responsabilité des organismes internationaux : avez-vous des critiques à émettre sur les actions du FMI, de la Banque mondiale, de l'OMC ? Sont-ils dirigés dans le bon sens ? Faut-il les réorienter, les réformer, ou contester leurs fondements mêmes ?*

S. H. – La réforme des institutions à laquelle je tiens le plus, c'est la création d'un Conseil de sécurité économique et social, qui réunirait par élection les 20 à 30 États les plus responsables – divers par leur culture, capables d'agir par leur autorité – afin d'instaurer une stratégie mondiale qui ferait face aux grands défis et qui exercerait son autorité sur les instances financières, commerciales, du travail, de la santé… Le système des Nations unies aurait ainsi une tête. Cela ressemblerait à une gouvernance mondiale – pas un gouvernement mondial, car nous n'y sommes pas prêts.

Cela transformerait forcément le fonctionnement des institutions financières menées pendant cinquante ans par les États les plus riches – puisque ce n'est pas le principe de « un État, une voix » mais de « un dollar, une voix » qui prime. Ils favorisent donc les intérêts des États les plus riches. L'OMC, comme son organe de contrôle, ont été mis entre les mains des États commercialement les plus importants. Elle aussi serait dorénavant soumise à ce Conseil de sécurité, et serait obligée de tenir compte des besoins des États commercialement défavorisés.

La dérégulation a abouti au chaos, à la crise. Or ce nouveau mode de gouvernance s'accompagnerait d'une stratégie mondiale pour le fonctionnement de l'économie, donc d'une régulation accrue.

*G. V. – Pensez-vous que la crise puisse repartir de plus belle dans quelques années, voire quelques mois, faute d'une réelle compréhension et remise en cause du système global ?*

S. H. – La prise de conscience de ce risque a été forte. Le G20 – même s'il n'a aucune légitimité – montre que ces vingt États pensent qu'il faut agir. Mais à l'évidence la prise de conscience ne suffit pas : il faut une stratégie de régulation, actée par tous les États de la planète, avec une insistance suffisamment forte de la part de la population pour la mettre en œuvre.

Le monde déstabilisé dans lequel nous vivons depuis la crise mondiale – déstabilisé par les grands profiteurs de l'économie financiarisée mondiale –, ce monde-là est détestable. Il faut le transformer le plus rapidement possible en un monde où la justice, l'égalité pour tous, la liberté pour tous puissent trouver leurs assises.

## Construire des « alternatives »

*G. V. – J'ai eu l'occasion, au cours d'un « Tour de France du développement durable »*[1]*, de rencontrer des personnes qui agissent dans l'écologie, dans l'économie sociale, et qui mettent en œuvre des initiatives locales pour tenter concrètement de proposer des solutions viables de « sortie de crise ». De votre côté, quelles alternatives en marche ou en gestation identifiez-vous, qui puissent nous aider à sortir de cette crise ? Comment faire en sorte qu'elles s'agrègent, qu'elles se fassent connaître et entendre, pour participer d'une « métamorphose » ?*

1. *Le Tour de France du développement durable*, éditions Alternatives, septembre 2010.

S. H. – Bien sûr, des alternatives existent. Claude Alphandéry[1], par exemple, fait des efforts pour promouvoir une économie sociale et solidaire. À côté de l'économie financière enfermée dans la notion de profit, il peut y avoir une économie différente. Des formes d'économie solidaire peuvent exister au côté de formes capitalistes. Cette évolution est bénéfique et inscrite dans les mentalités des plus modernes. Il y a une modernité de l'économie sociale qui me paraît de bon augure. Mais il ne faut pas considérer cela comme susceptible de prendre complètement la place de l'économie de marché conventionnelle.

En donnant à l'économie de marché des limites et des régulations, on laisse toute sa place à l'économie sociale. De même que l'on doit laisser place à toutes les cultures dans le monde, à l'intérieur d'un pays il faut laisser place à toutes les formes de coexistence des hommes ; il faut probablement des religions, mais il faut aussi de la laïcité. Nous revenons au grand problème de la coexistence des diversités.

---

1. Claude Alphandéry, ancien résistant, ancien haut fonctionnaire, fondateur de l'association France active, est très engagé dans la promotion de l'économie sociale et solidaire et l'insertion par la création d'entreprises.

*G. V. – À un enjeu global répondent donc, on le voit, des initiatives locales…*

S. H. – Oui, et il faut faire attention à ce que le local et le global soient en équilibre. La vision du monde de demain comme un monde plus juste, plus soutenable, plus sage, ne peut être que globale. Mais la réalisation, l'action qui contribuent à un tel monde ne peuvent être que locales. Ce qui serait dangereux, c'est que se multiplient des expériences locales en contradiction avec une vision globale – et avec elles des crispations identitaires, des sectes, des mouvements qui voudraient maintenir des privilèges. Rien n'est simple : nous en arrivons à la complexité et à « l'écologie de l'action » dont parle Edgar Morin. Tout agit et rétro-agit l'un sur l'autre. Quand une chose avance, une autre recule. Le risque est toujours qu'en progressant dans un domaine, on régresse dans un autre.

Le combat est donc multiple, et c'est là qu'il faut donner des limites au mot « résistance ». Il y a une vocation de résistance, mais une construction ne peut être seulement de résistance. Nous disions : « Résister, c'est créer ; créer, c'est résister. »[1] Il faut se méfier. Il faut créer, car résister ne suffit pas. Toute simplification est toujours dangereuse. Il faut nous habituer à penser avec sagesse – cela ne relève pas de l'intelligence ni de la créativité, mais du sens de l'équilibre. On ne peut pas être seulement yin ou seulement yang, il faut un balancement.

*G. V. – Vous utilisez volontiers le terme de « stratégie »...*

S. H. – Il ne suffit pas d'être conscient, encore faut-il être stratège. J'attends des responsables politiques qu'ils nous décrivent la stratégie qu'ils se proposent d'employer. À mon avis, elle ne peut être efficace que si elle tient compte des défis dans leur interaction.

On ne peut pas avoir simplement une stratégie pour l'eau et une stratégie pour l'énergie :

1. Dans *L'Appel des Résistants* de mars 2004, d'anciens résistants parmi lesquels Stéphane Hessel – et Lucie Aubrac, Raymond Aubrac, Henri Bartoli, Daniel Cordier, Philippe Dechartre, Georges Guingouin, Maurice Kriegel-Valrimont, Lise London, Georges Séguy, Germaine Tillion, Jean-Pierre Vernant, Maurice Voutey – appellent à la commémoration du 60e anniversaire du Programme du Conseil national de la Résistance du 15 mars 1944.

il faut adopter une stratégie pour l'environnement. On ne peut avoir seulement une stratégie pour la protection de la Terre et une autre pour la lutte contre la pauvreté et l'injustice, il faut adopter une stratégie qui lie la lutte contre ces défis.

Ce n'est pas impossible. Il est presque plus facile de décrire ce qu'il faudrait faire que décrire pourquoi il faudrait le faire. Une fois admis que ces défis sont ceux qu'il faut aborder, alors la stratégie peut se décrire en termes clairs.

*G. V. – Les ONG prennent une part grandissante dans notre évolution, suscitent des vocations et des espoirs, de nouvelles solidarités… En même temps que l'on peut se réjouir de les voir s'emparer des problèmes et de s'activer pour tenter de les résoudre, on peut s'interroger jusqu'à quel point il est légitime et souhaitable qu'elles interviennent. Nombre d'entre elles prétendent vouloir changer le monde…*

S. H. – C'est là-dessus que porte mon espoir : je pense que nous vivons dans un monde d'interdépendances dans lequel les changements ne peuvent intervenir que tous ensemble. Cela implique une solidarité. Concrètement, cette solidarité prend corps dans les réseaux nombreux et de plus en plus denses d'organisations civiques, de défense des droits de l'homme, de lutte pour le développement. Il y en a maintenant dans les 192 pays, et cela constitue une masse.

C'est ainsi que se constitue ce qui est capable, à mon avis, de faire bouger le monde.

*G. V. – L'influence grandissante des* ONG *n'est-elle pas d'une certaine manière une menace pour la démocratie ? Ne doivent-elles pas se cantonner au rôle de contre-pouvoir ?*

S. H. – Les ONG sont loin d'être innocentes. Mais la notion même d'ONG n'existe que depuis la Charte des Nations unies datant de 1945. Ce sont les Nations unies qui ont considéré qu'aux côtés de leurs États membres, il se devait d'y avoir des organisations à statut consultatif. C'est la première fois dans l'histoire du monde que l'on reconnaît ainsi un statut à la société civile dans une enceinte d'États. Il fallait une ONU – organisation mondiale des États, des gouvernants – pour que se constituent les ONG – organisations non-gouvernementales. Elles ont pris leur essor dans les années 1990, contribuant à l'émergence d'une sorte de civisme mondial.

Il faut que ces organisations puissent apporter des idées ; mais la mise en œuvre de ces idées, pour le moment, ne peut se faire que par les États qui seuls disposent de la puissance, et par les institutions intergouvernementales qui peuvent coordonner la puissance des États. Donc, il ne faut pas avoir peur de voir les ONG devenir dangereuses car ce qu'elles peuvent apporter, les États sont toujours en mesure d'en prendre ce qui leur paraît profitable – et de malheureusement parfois laisser de côté ce qui pourrait être utile. Mais ce jeu, c'est celui du civisme global.

Les organisations internationales sont composées de citoyens du monde, et plus il y en a, mieux ça vaut.

*G. V. – Vous-même êtes très actif dans de nombreuses organisations comme Agrisud – nous l'évoquions tout à l'heure – ou le Collegium International éthique et politique…*

S. H. – Avec le Collegium International éthique, scientifique et politique créé par Michel Rocard et Milan Kučan, nous nous employons, avec des personnalités provenant du monde entier – hommes d'État, économistes comme

René Passet ou le prix Nobel Amartya Sen, philosophes comme Jürgen Habermas et Edgar Morin – à trouver des méthodes pour inciter les décideurs à prendre conscience et à prévenir les défis contemporains qui nous préoccupent : les violences, la dégradation de l'environnement, la perte de sens, l'économie ultra-financiarisée et aveugle à l'humain. C'est une manière de contribuer à alimenter la réflexion dans une démarche de civisme mondial. C'est un lieu de confrontation intellectuelle, une instance de réflexion, qui existe parce que les décideurs ne sont pas en mesure de répondre aux problèmes. Il faut tenter de les aider à trouver des solutions, à prendre de « bonnes » décisions, dans le sens de l'intérêt général et de la résorption de ces problèmes.

## Envisager demain

*G. V. – À propos de la période où vous êtes en charge du département des Affaires sociales à l'ONU, vous dites : « Ce sera peut-être la période la plus ambitieuse de ma vie, avec le sentiment prenant de travailler non pour l'éternité, mais pour l'avenir. » Quelle est à l'époque votre vision de l'avenir, et quelle est-elle aujourd'hui ?*

S. H. – Sorti des camps, le problème du respect des droits de l'homme me paraissait la chose la plus importante. Le fait de participer à la Déclaration universelle des droits de l'homme m'a donné l'impression de participer à quelque chose de fondamental : obtenir un grand programme pour le respect des droits de la personne humaine.

Nous sommes alors en 1945. À cette époque, l'enjeu est de s'émanciper des menaces que le totalitarisme, le nazisme, le fascisme, ont fait peser sur l'humanité. Et d'obtenir des pays membres de l'Onu un engagement à respecter les droits universels. L'ambition était phénoménale : faire s'accorder les pays du Sud, de l'Ouest et de l'Est, pays occidentaux et orientaux, sur un certain nombre de valeurs, de libertés et de droits communs, alors qu'ils n'étaient pas forcément inscrits dans leurs traditions ; aboutir à un texte ouvert aux cultures de tous les pays, qui ne choque aucune d'entre elles. Cette ambition se concrétisera le 10 décembre 1948 au palais de Chaillot à Paris, avec l'adoption par 48 États de la Déclaration universelle des droits de l'homme. On avait affaire à la fois à une organisation mondiale et à un texte fondé sur les droits de l'homme rédigé par des régimes politiques très différents. Le mot « droits de l'homme » n'avait jamais été prononcé sur le plan mondial ! C'était la première fois que nous considérions la société mondiale comme unique, interdépendante et solidaire. C'était donc inédit. Avec un adjectif ambitieux : « universel » ; nous nous adressions à l'ensemble des femmes et des hommes du monde, sans exception.

Quels sont ces droits ? Citons-en quelques-uns : « Toute personne a le droit de circuler librement et de quitter tout pays, y compris le sien, et de revenir dans son pays » (article 13) ; « Les hommes et les femmes ont des droits égaux au regard du mariage, durant le mariage et lors de sa dissolution » (article 16) ; « Toute personne a droit à la sécurité sociale et à obtenir la satisfaction des droits économiques, sociaux et culturels indispensables à sa dignité » (article 22) ; « Toute personne a droit à un niveau de vie suffisant pour assurer sa santé, son bien-être notamment pour l'alimentation, l'habillement, le logement, les soins médicaux ainsi que pour les services sociaux nécessaires » (article 25).

La Déclaration a joué un rôle puissant : des peuples colonisés s'en sont saisi dans leur lutte pour l'indépendance, et les Constitutions des nouveaux États y font toutes référence. Des progrès considérables ont été réalisés au cours de ces soixante dernières années. Et si ces valeurs et ces droits peuvent nous apparaître évidents et largement partagés, ne nous y trompons pas : ils ont souvent été bafoués, y compris par les pays dits démocratiques. Aucun État ne les respecte totalement. Regardons le traitement des immigrés en France : le gouvernement ne sait pas toujours leur donner l'accueil qu'ils mériteraient. La façon dont il traite le droit d'asile et les sans-papiers est révoltante. Nous devons être nombreux à protester contre ces formes de violation de droits élémentaires. Les citoyens connaissent leurs droits – civiques, sociaux, économiques, culturels – et peuvent les revendiquer, notamment auprès des gouvernements, en se réclamant des textes adoptés par les États. Ils peuvent protester, notamment aux côtés des défenseurs des droits de l'homme qui constituent désormais un réseau mondial – avec, notamment, Amnesty International, Human Rights Watch ou la Fédération Internationale des ligues des Droits de l'Homme (FIDH).

Ce qui est acquis est énorme… Ce qui reste à acquérir l'est aussi !

Plus tard, j'ai compris qu'au-delà de ces problèmes touchant aux droits de l'homme, celui de la nature, celui de l'environnement, avaient une importance au moins aussi grande. Aujourd'hui, je vois donc l'avenir comme devant respecter à égalité les droits de la personne humaine et les droits de la nature. C'est un changement dans ma perception, c'est une adjonction.

Pour le reste, je n'ai pas changé radicalement, ni dans mon relatif optimisme – ma confiance en la capacité des générations successives à prendre en compte leurs problèmes –, ni dans ma conviction que le développement de l'esprit humain et de la conscience morale ont encore de vastes champs à cultiver. Chaque génération est en mesure de trouver sa place et son engagement sartrien, selon lequel un homme n'est un vrai homme que lorsqu'il est vraiment engagé et qu'il se sent responsable.

*G. V. – « Il nous est permis de penser que le monde va vers davantage de liberté, de solidarité et de responsabilité… vers davantage d'écoute mutuelle, davantage de dialogue », dites-vous. Vous semblez profondément optimiste, bien que conscient des énormes défis qui nous attendent. Iriez-vous jusqu'à suivre Yves Coppens quand il affirme : « Qu'on cesse de peindre l'avenir en noir ! L'avenir est superbe. La génération qui arrive va apprendre à […] programmer les climats, se promener dans les étoiles et coloniser les planètes qui lui plairont » ?*

S. H. – Nous disposons encore de ressources considérables. Notre cerveau n'a sûrement pas encore fait tout ce qu'il pourrait faire. Peut-être avons-nous atteint, comme certains démographes le pensent, le point de stabilité du nombre d'êtres humains sur la planète – 10 milliards. Quand nous serons stabilisés, nous pourrons utiliser la force d'esprit, de réflexion, de technicité de ces 10 milliards de cerveaux humains, et ainsi nous pourrons sûrement faire des choses dont nous n'avons pas idée aujourd'hui.

Toutefois l'humanité, l'espèce humaine, est une espèce jeune. Nous ne sommes dans ce cosmos que dans un petit endroit et sur une période de temps infiniment petite par rapport à tout ce que le cosmos a connu. Aller sur d'autres planètes me semble improbable. Mais utiliser les ressources qui sont à notre disposition – éthiques, scientifiques, matérielles, intellectuelles –, pourquoi pas ? Nous devons par exemple apprendre à devenir moins violents, pour franchir pas mal d'obstacles. Rien n'est exclu, nous sommes une espèce jeune mais qui peut se casser la figure demain, disparaître… Nous avons fait déjà beaucoup de bêtises et nous pouvons continuer à en faire – quelques bombes atomiques bien placées, et c'est la fin. Donc nous ne sommes pas à un moment de l'espèce humaine où l'on peut dire : « Ça va très bien, continuons comme ça. » Mais nous pouvons nous dire : « Nous comprenons des choses, nous devons nous transformer, nous pouvons aborder une nouvelle phase de l'existence de l'espèce humaine sur cette petite planète qui peut nous offrir encore de merveilleux horizons. »

*G. V. – On retrouve chez vous cette croyance fondamentale dans le progrès humain.*

S. H. – Oui, une confiance en l'homme. Cet animal-là, il est dangereux et il est capable de tout bousiller – il en a donné quelques exemples flagrants – mais il est formidablement capable d'aborder de nouveaux problèmes avec de nouvelles idées !

La chance peut toujours intervenir… Ce qui caractérise ma vie, c'est la chance. J'ai eu énormément de chance. Je suis passé à travers des choses qui ont mal tourné et je m'en suis bien sorti. Du coup, je projette cette chance sur l'histoire. L'histoire peut produire de la chance : c'est ce que l'on peut appeler de l'optimisme. Tout en reconnaissant volontiers que ce n'est pas toujours vrai. Si ma vie est pour moi la confirmation que c'est la chance qui l'emporte, cela me permet de dire que même face aux défis les plus graves que nous rencontrons, la possibilité de les relever victorieusement est elle aussi de plus en plus grande.

## La transmission intergénérationnelle

*G. V. – Les générations futures n'ayant pas voix au chapitre, les décisions sont* de facto *prises par les générations présentes... Vous paraît-il souhaitable, et possible, de constituer un «mouvement intergénérationnel» – qui réunirait représentants de la jeune génération, épaulés par des «sages» – pour affirmer la nécessité de considérer dans toutes les décisions les intérêts des générations à venir?*

S. H. – Je crois que cela fait partie du mot «*sustainable*». Nous avons conscience que ce que nous faisons peut porter préjudice à nos enfants et petits-enfants – j'en ai cinq. Nous sommes conscients qu'il y a un développement du temps pour lequel nous avons des responsabilités, et c'est heureux parce que nous pourrions aussi dire: «Vivons bien pour le moment et nous verrons bien ensuite.»

Ici, le mot de « conscience éthique » doit nous rendre sensibles au fait que ce que nous faisons aujourd'hui a des répercussions sur ceux qui viennent ensuite. Il est bon que nous y réfléchissions et que nous fassions le plus possible pour que les générations suivantes puissent poursuivre heureusement leur existence.

L'intergénérationnel, c'est un peu vague, mais disons qu'il y a un vieillissement de l'homme ; il y a de plus en plus de gens âgés, voire très âgés. Il faut essayer d'en profiter, c'est-à-dire de ne pas laisser tomber ce dont ils ont été les témoins, et ainsi garder le souci d'une certaine mémoire.

Je pense que pour les jeunes, avoir des contacts avec les vieux, et pour les vieux, pouvoir donner un message pour les plus jeunes, c'est positif. Il ne faut pas que cela aboutisse à une domination des générations plus vieilles – heureusement, on y a mis un terme en 1968 ! Il faut susciter le renouvellement, de sorte que la créativité des jeunes ne soit pas biaisée par un respect excessif de la tradition ou de l'autorité des vieux. Il est souhaitable qu'il y ait des échanges, que les vieux apprennent comment les jeunes réagissent, et que les jeunes apprennent quelque chose de l'expérience accumulée des vieux.

*G. V. – « Vive l'avenir », est-ce un message que l'on peut porter auprès des jeunes ?*

S. H. – Je serai là à double face : gare à l'avenir et vive l'avenir ! Ne sous-estimons pas les dangers, et sachons en même temps que tout danger peut être confronté et surmonté. Mais le pur « vive l'avenir, allons-y, on y va, ça ira forcément très bien », je m'en méfie.

# Annexes

# Déclaration universelle des droits de l'homme

Stéphane Hessel, alors directeur de cabinet d'Henri Laugier, secrétaire général adjoint des Nations unies, participe à New York de 1946 à 1948 aux réunions au cours desquelles est rédigée la Déclaration universelle des droits de l'homme. « Ce sera peut-être la période la plus ambitieuse de ma vie, avec le sentiment prenant de travailler non pour l'éternité mais pour l'avenir », livre-t-il alors. Ce texte à valeur symbolique, adopté le 10 décembre 1948, proclame pour la première fois les droits humains fondamentaux communs à tous les peuples.

*Préambule*

*Considérant* que la reconnaissance de la dignité inhérente à tous les membres de la famille humaine et de leurs droits égaux et inaliénables constitue le fondement de la liberté, de la justice et de la paix dans le monde ;

*Considérant* que la méconnaissance et le mépris des droits de l'homme ont conduit à des actes de barbarie qui révoltent la conscience de l'humanité et que l'avènement d'un monde où les êtres humains seront libres de parler et de croire, libérés de la terreur et de la misère, a été proclamé comme la plus haute aspiration de l'homme ;

*Considérant* qu'il est essentiel que les droits de l'homme soient protégés par un régime de droit pour que l'homme ne soit pas contraint, en suprême recours, à la révolte contre la tyrannie et l'oppression ;

*Considérant* qu'il est essentiel d'encourager le développement de relations amicales entre nations ;

*Considérant* que dans la Charte les peuples des Nations unies ont proclamé à nouveau leur foi dans les droits fondamentaux de l'homme, dans la dignité et la valeur de la personne humaine, dans l'égalité des droits des hommes et des femmes, et qu'ils se sont déclarés résolus à favoriser le progrès social et à instaurer de meilleures conditions de vie dans une liberté plus grande ;

*Considérant* que les États Membres se sont engagés à assurer, en coopération avec l'Organisation des Nations unies, le respect universel et effectif des droits de l'homme et des libertés fondamentales ;

*Considérant* qu'une conception commune de ces droits et libertés est de la plus haute importance pour remplir pleinement cet engagement

**L'Assemblée générale proclame la présente Déclaration universelle des droits de l'homme** comme l'idéal commun à atteindre par tous les peuples et toutes les nations afin que tous les individus et tous les organes de la société, ayant cette Déclaration constamment à l'esprit, s'efforcent, par l'enseignement et l'éducation, de développer le respect de ces droits et libertés et d'en assurer, par des mesures progressives d'ordre national et international, la reconnaissance et l'application universelles et effectives, tant parmi les populations des États Membres eux-mêmes que parmi celles des territoires placés sous leur juridiction.

*Article premier*

Tous les êtres humains naissent libres et égaux en dignité et en droits. Ils sont doués de raison et de conscience et doivent agir les uns envers les autres dans un esprit de fraternité.

*Article 2*

1. Chacun peut se prévaloir de tous les droits et de toutes les libertés proclamés dans la présente Déclaration, sans distinction aucune, notamment de race, de couleur, de sexe, de langue, de religion, d'opinion politique ou de toute autre opinion, d'origine nationale ou sociale, de fortune, de naissance ou de toute autre situation.

2. De plus, il ne sera fait aucune distinction fondée sur le statut politique, juridique ou international du pays ou du territoire dont une personne est ressortissante, que ce pays ou territoire soit indépendant, sous tutelle, non autonome ou soumis à une limitation quelconque de souveraineté.

*Article 3*

Tout individu a droit à la vie, à la liberté et à la sûreté de sa personne.

*Article 4*

Nul ne sera tenu en esclavage ni en servitude ; l'esclavage et la traite des esclaves sont interdits sous toutes leurs formes.

*Article 5*

Nul ne sera soumis à la torture, ni à des peines ou traitements cruels, inhumains ou dégradants.

*Article 6*

Chacun a le droit à la reconnaissance en tous lieux de sa personnalité juridique.

*Article 7*

Tous sont égaux devant la loi et ont droit sans distinction à une égale protection de la loi. Tous ont droit à une protection égale contre toute discrimination qui violerait la présente Déclaration et contre toute provocation à une telle discrimination.

*Article 8*

Toute personne a droit à un recours effectif devant les juridictions nationales compétentes contre les actes violant les droits fondamentaux qui lui sont reconnus par la constitution ou par la loi.

*Article 9*

Nul ne peut être arbitrairement arrêté, détenu ou exilé.

*Article 10*

Toute personne a droit, en pleine égalité, à ce que sa cause soit entendue équitablement et publiquement par un tribunal indépendant et impartial, qui décidera, soit de ses droits et obligations, soit du bien-fondé de toute accusation en matière pénale dirigée contre elle.

*Article 11*

1. Toute personne accusée d'un acte délictueux est présumée innocente jusqu'à ce que sa culpabilité ait été légalement établie au cours d'un procès public où toutes les garanties nécessaires à sa défense lui auront été assurées.

2. Nul ne sera condamné pour des actions ou omissions qui, au moment où elles ont été commises, ne constituaient pas un acte délictueux d'après le droit national ou international. De même, il ne sera infligé aucune peine plus forte que celle qui était applicable au moment où l'acte délictueux a été commis.

*Article 12*

Nul ne sera l'objet d'immixtions arbitraires dans sa vie privée, sa famille, son domicile ou sa correspondance, ni d'atteintes à son honneur et à sa réputation. Toute personne a droit à la protection de la loi contre de telles immixtions ou de telles atteintes.

*Article 13*

1. Toute personne a le droit de circuler librement et de choisir sa résidence à l'intérieur d'un État.

2. Toute personne a le droit de quitter tout pays, y compris le sien, et de revenir dans son pays.

*Article 14*

1. Devant la persécution, toute personne a le droit de chercher asile et de bénéficier de l'asile en d'autres pays.

2. Ce droit ne peut être invoqué dans le cas de poursuites réellement fondées sur un crime de droit commun ou sur des agissements contraires aux buts et aux principes des Nations unies.

*Article 15*

1. Tout individu a droit à une nationalité.

2. Nul ne peut être arbitrairement privé de sa nationalité, ni du droit de changer de nationalité.

*Article 16*

1. À partir de l'âge nubile, l'homme et la femme, sans aucune restriction quant à la race, la nationalité ou la religion, ont le droit de se marier et de fonder une famille. Ils ont des droits égaux au regard du mariage, durant le mariage et lors de sa dissolution.

2. Le mariage ne peut être conclu qu'avec le libre et plein consentement des futurs époux.

3. La famille est l'élément naturel et fondamental de la société et a droit à la protection de la société et de l'État.

*Article 17*

1. Toute personne, aussi bien seule qu'en collectivité, a droit à la propriété.

2. Nul ne peut être arbitrairement privé de sa propriété.

*Article 18*

Toute personne a droit à la liberté de pensée, de conscience et de religion ; ce droit implique la liberté de changer de religion ou de conviction ainsi que la liberté de manifester sa religion ou sa conviction seule ou en commun, tant en public qu'en privé, par l'enseignement, les pratiques, le culte et l'accomplissement des rites.

*Article 19*

Tout individu a droit à la liberté d'opinion et d'expression, ce qui implique le droit de ne pas être inquiété pour ses opinions et celui de chercher, de recevoir et de répandre, sans considérations de frontières, les informations et les idées par quelque moyen d'expression que ce soit.

*Article 20*

1. Toute personne a droit à la liberté de réunion et d'association pacifiques.

2. Nul ne peut être obligé de faire partie d'une association.

*Article 21*

1. Toute personne a le droit de prendre part à la direction des affaires publiques de son pays, soit directement, soit par l'intermédiaire de représentants librement choisis.

2. Toute personne a droit à accéder, dans des conditions d'égalité, aux fonctions publiques de son pays.

3. La volonté du peuple est le fondement de l'autorité des pouvoirs publics ; cette volonté doit s'exprimer par des élections honnêtes qui doivent avoir lieu périodiquement, au suffrage universel égal et au vote secret ou suivant une procédure équivalente assurant la liberté du vote.

*Article 22*

Toute personne, en tant que membre de la société, a droit à la sécurité sociale ; elle est fondée à obtenir la satisfaction des droits économiques, sociaux et culturels indispensables à sa dignité et au libre développement de sa personnalité, grâce à l'effort national et à la coopération internationale, compte tenu de l'organisation et des ressources de chaque pays.

*Article 23*

1. Toute personne a droit au travail, au libre choix de son travail, à des conditions équitables et satisfaisantes de travail et à la protection contre le chômage.

2. Tous ont droit, sans aucune discrimination, à un salaire égal pour un travail égal.

3. Quiconque travaille a droit à une rémunération équitable et satisfaisante lui assurant ainsi qu'à sa famille une existence conforme à la dignité humaine et complétée, s'il y a lieu, par tous autres moyens de protection sociale.

4. Toute personne a le droit de fonder avec d'autres des syndicats et de s'affilier à des syndicats pour la défense de ses intérêts.

*Article 24*

Toute personne a droit au repos et aux loisirs et notamment à une limitation raisonnable de la durée du travail et à des congés payés périodiques.

*Article 25*

1. Toute personne a droit à un niveau de vie suffisant pour assurer sa santé, son bien-être et ceux de sa famille, notamment pour l'alimentation, l'habillement, le logement, les soins médicaux ainsi que pour les services sociaux nécessaires ; elle a droit à la sécurité en cas de chômage, de maladie, d'invalidité, de veuvage, de vieillesse ou dans les autres cas de perte de ses moyens de subsistance par suite de circonstances indépendantes de sa volonté.

2. La maternité et l'enfance ont droit à une aide et à une assistance spéciales. Tous les enfants, qu'ils soient nés dans le mariage ou hors mariage, jouissent de la même protection sociale.

*Article 26*

1. Toute personne a droit à l'éducation. L'éducation doit être gratuite, au moins en ce qui concerne l'enseignement élémentaire et fondamental. L'enseignement élémentaire est obligatoire. L'enseignement technique et professionnel doit être généralisé ; l'accès aux études supérieures doit être ouvert en pleine égalité à tous en fonction de leur mérite.

2. L'éducation doit viser au plein épanouissement de la personnalité humaine et au renforcement du respect des droits de l'homme et des libertés fondamentales. Elle doit favoriser la compréhension, la tolérance et l'amitié entre toutes les nations et tous les groupes raciaux ou religieux, ainsi que le développement des activités des Nations unies pour le maintien de la paix.

3. Les parents ont, par priorité, le droit de choisir le genre d'éducation à donner à leurs enfants.

*Article 27*

1. Toute personne a le droit de prendre part librement à la vie culturelle de la communauté, de jouir des arts et de participer au progrès scientifique et aux bienfaits qui en résultent.

2. Chacun a droit à la protection des intérêts moraux et matériels découlant de toute production scientifique, littéraire ou artistique dont il est l'auteur.

*Article 28*

Toute personne a droit à ce que règne, sur le plan social et sur le plan international, un ordre tel que les droits et libertés énoncés dans la présente Déclaration puissent y trouver plein effet.

*Article 29*

1. L'individu a des devoirs envers la communauté dans laquelle seule le libre et plein développement de sa personnalité est possible.

2. Dans l'exercice de ses droits et dans la jouissance de ses libertés, chacun n'est soumis qu'aux limitations établies par la loi exclusivement en vue d'assurer la reconnaissance et le respect des droits et libertés d'autrui et afin de satisfaire aux justes exigences de la morale, de l'ordre public et du bien-être général dans une société démocratique.

3. Ces droits et libertés ne pourront, en aucun cas, s'exercer contrairement aux buts et aux principes des Nations unies.

*Article 30*

Aucune disposition de la présente Déclaration ne peut être interprétée comme impliquant pour un État, un groupement ou un individu un droit quelconque de se livrer à une activité ou d'accomplir un acte visant à la destruction des droits et libertés qui y sont énoncés.

# Programme du Conseil national de la Résistance

Rédigé pendant la Seconde Guerre mondiale et adopté dans la clandestinité le 15 mars 1944, le Programme du Conseil national de la Résistance (CNR) établissait un programme de gouvernement que les Résistants – qu'ils soient gaullistes, communistes ou royalistes – souhaitaient voir appliqué au sortir de l'occupation nazie.
Il donnera lieu à la création de la Sécurité sociale, à la nationalisation de l'énergie et des banques, ou encore à la semaine des 40 heures de travail, à la création du salaire minimum, du système de retraites par répartition, qui constituent le socle du « modèle social français ».
À l'occasion du soixantième anniversaire de ce texte, de grands Résistants, parmi lesquels Stéphane Hessel, nous rappelaient l'actualité du Programme du CNR, et enjoignaient les jeunes générations « au moment où nous voyons remis en cause le socle des conquêtes sociales de la Libération [...] à faire vivre et retransmettre l'héritage de la Résistance et ses idéaux toujours actuels de démocratie économique, sociale et culturelle. »

« Née de la volonté ardente des Français de refuser la défaite, la Résistance n'a pas d'autre raison d'être que la lutte quotidienne sans cesse intensifiée.

Cette mission de combat ne doit pas prendre fin à la Libération. Ce n'est, en effet, qu'en regroupant toutes ses forces autour des aspirations quasi unanimes de la Nation, que la France retrouvera son équilibre moral et social et redonnera au monde l'image de sa grandeur et la preuve de son unité.

Aussi les représentants des organisations de la Résistance, des centrales syndicales et des partis ou tendances politiques groupés au sein du CNR, délibérant en assemblée plénière le 15 mars 1944, ont-ils décidé de s'unir sur le programme suivant, qui comporte à la fois un plan d'action immédiate contre l'oppresseur et les mesures destinées à instaurer, dès la libération du territoire, un ordre social plus juste.

## Mesures à appliquer dès la libération du territoire

Unis quant au but à atteindre, unis quant aux moyens à mettre en œuvre pour atteindre ce but qui est la libération rapide du territoire, les représentants des mouvements, groupements, partis ou tendances politiques groupés au sein du CNR proclament qu'ils sont décidés à rester unis après la libération :

1) Afin d'établir le gouvernement provisoire de la République formé par le général de Gaulle pour défendre l'indépendance politique et économique de la Nation, rétablir la France dans sa puissance, dans sa grandeur et dans sa mission universelle ;

2) Afin de veiller au châtiment des traîtres et à l'éviction dans le domaine de l'administration et de la vie professionnelle de tous ceux qui auront pactisé avec l'ennemi ou qui se seront associés activement à la politique des gouvernements de collaboration ;

3) Afin d'exiger la confiscation des biens des traîtres et des trafiquants de marché noir, l'établissement d'un impôt progressif sur les bénéfices de guerre et plus généralement sur les gains réalisés au détriment du peuple et de la Nation pendant la période d'occupation ainsi que la confiscation de tous les biens ennemis y compris les participations acquises depuis l'armistice par les gouvernements de l'axe et par leurs ressortissants, dans les entreprises françaises et coloniales de tout ordre, avec constitution de ces participations en patrimoine national inaliénable ;

4) Afin d'assurer :

• l'établissement de la démocratie la plus large en rendant la parole au peuple français par le rétablissement du suffrage universel ;

• la pleine liberté de pensée, de conscience et d'expression ;

• la liberté de la presse, son honneur et son indépendance à l'égard de l'État, des puissances d'argent et des influences étrangères ;

• la liberté d'association, de réunion et de manifestation ;

• l’inviolabilité du domicile et le secret de la correspondance ;

• le respect de la personne humaine ;

• l’égalité absolue de tous les citoyens devant la loi ;

5) Afin de promouvoir les réformes indispensables :

a) Sur le plan économique :

• l’instauration d’une véritable démocratie économique et sociale, impliquant l’éviction des grandes féodalités économiques et financières de la direction de l’économie ;

• une organisation rationnelle de l’économie assurant la subordination des intérêts particuliers à l’intérêt général et affranchie de la dictature professionnelle instaurée à l’image des États fascistes ;

• l’intensification de la production nationale selon les lignes d’un plan arrêté par l’État après consultation des représentants de tous les éléments de cette production ;

• le retour à la Nation des grands moyens de production monopolisée, fruits du travail commun, des sources d’énergie, des richesses du sous-sol, des compagnies d’assurances et des grandes banques ;

• le développement et le soutien des coopératives de production, d’achats et de ventes, agricoles et artisanales ;

• le droit d’accès, dans le cadre de l’entreprise, aux fonctions de direction et d’administration, pour les ouvriers possédant les qualifications nécessaires, et la participation des travailleurs à la direction de l’économie.

b) Sur le plan social :

- le droit au travail et le droit au repos, notamment par le rétablissement et l'amélioration du régime contractuel du travail ;
- un rajustement important des salaires et la garantie d'un niveau de salaire et de traitement qui assure à chaque travailleur et à sa famille la sécurité, la dignité et la possibilité d'une vie pleinement humaine ;
- la garantie du pouvoir d'achat national pour une politique tendant à une stabilité de la monnaie ;
- la reconstitution, dans ses libertés traditionnelles, d'un syndicalisme indépendant, doté de larges pouvoirs dans l'organisation de la vie économique et sociale ;
- un plan complet de sécurité sociale, visant à assurer à tous les citoyens des moyens d'existence, dans tous les cas où ils sont incapables de se le procurer par le travail, avec gestion appartenant aux représentants des intéressés et de l'État ;
- la sécurité de l'emploi, la réglementation des conditions d'embauchage et de licenciement, le rétablissement des délégués d'atelier ;
- l'élévation et la sécurité du niveau de vie des travailleurs de la terre par une politique de prix agricoles rémunérateurs, améliorant et généralisant l'expérience de l'Office du blé, par une législation sociale accordant aux salariés agricoles les mêmes droits qu'aux salariés de l'industrie, par un système d'assurance conte les calamités agricoles, par l'établissement d'un juste statut du fermage et du métayage, par des facilités d'accession à la propriété pour les jeunes familles paysannes et par la réalisation d'un plan d'équipement rural ;

• une retraite permettant aux vieux travailleurs de finir dignement leurs jours ;

• le dédommagement des sinistrés et des allocations et pensions pour les victimes de la terreur fasciste.

c) Une extension des droits politiques, sociaux et économiques des populations indigènes et coloniales.

d) La possibilité effective pour tous les enfants français de bénéficier de l'instruction et d'accéder à la culture la plus développée, quelle que soit la situation de fortune de leurs parents, afin que les fonctions les plus hautes soient réellement accessibles à tous ceux qui auront les capacités requises pour les exercer et que soit ainsi promue une élite véritable, non de naissance mais de mérite, et constamment renouvelée par les apports populaires.

Ainsi sera fondée une République nouvelle qui balaiera le régime de basse réaction instauré par Vichy et qui rendra aux institutions démocratiques et populaires l'efficacité que leur avaient fait perdre les entreprises de corruption et de trahison qui ont précédé la capitulation.

Ainsi sera rendue possible une démocratie qui unisse au contrôle effectif exercé par les élus du peuple la continuité de l'action gouvernementale.

L'union des représentants de la Résistance pour l'action dans le présent et dans l'avenir, dans l'intérêt supérieur de la patrie, doit être pour tous les Français un gage de confiance et un stimulant. Elle doit les inciter à éliminer tout esprit de particularisme, tout ferment de division qui pourrait freiner leur action et ne servir que l'ennemi.

En avant donc, dans l'union de tous les Français rassemblés autour du CFLN et de son président, le général de Gaulle !

En avant pour le combat, en avant pour la victoire afin que VIVE LA FRANCE !

**LE CONSEIL NATIONAL DE LA RÉSISTANCE »**

# Table des matières

**Collection *Monde en cours***
(extrait)

François Ascher, *Les nouveaux principes de l'urbanisme*, suivi de *Lexique de la ville plurielle*
François Ascher, *L'âge des métapoles*
Guy Bedos, Albert Jacquard, *La rue éclabousse*
Gilles Berhault, *Développement durable 2.0. L'internet peut-il sauver la planète ?*
Philippe J. Bernard, Thierry Gaudin, Susan George, Stéphane Hessel, André Orléan, *Pour une société meilleure !*
Lucien Bianco, *La révolution fourvoyée. Parcours dans la Chine du* XX^e^ *siècle*
Régis Bigot, *Fins de mois difficiles pour les classes moyennes*
Alain Bourdin, *L'urbanisme d'après crise*
CARSED, *Le retour de la race*
Pierre Clastres, *Archéologie de la violence. La guerre dans les sociétés primitives*
Daniel Cohn-Bendit, *Forget 68*

Pierre Conesa, *Guide du paradis. Publicité comparée des Au-delà*

Boris Cyrulnik, Edgar Morin, *Dialogue sur la nature humaine*

Antoine Delestre, Clara Lévy, *Penser les totalitarismes*

Rachel Delcourt, *Shanghai l'ambitieuse. Portrait de la capitale économique chinoise*

François Desnoyers, Élise Moreau, *Tout beau, tout bio ? L'envers du décor*

Jean-François Gleizes (dir.), *La fin des paysans n'est pas pour demain*

Jean-François Gleizes (dir.), *Comment nourrir le monde ?*

Jean-François Gleizes (dir.), *Le bonheur est dans les blés*

Michel Griffon, *Pour des agriculture écologiquement intensives*

Luc Gwiazdzinski, Gilles Rabin, *Urbi et Orbi. Paris appartient à la ville et au monde*

Félix Guattarri, *Lignes de fuite. Pour un autre monde de possibles*

Claude Hagège, *Parler, c'est tricoter*

Bertrand Hervieu, Jean Viard, *L'archipel paysan. La fin de la république agricole*

Françoise Héritier, Nadia Kaci, Marie-Louise Gourdon *et alii, Ces yeux qui te regardent, et la nuit, et le jour. Trois regards sur la violence envers les femmes*

Jérôme Heurtaux, Cédric Pellen, *1989 à l'est de l'Europe. Une mémoire controversée*

François Jost, Denis Muzet, *Le téléprésident. Essai sur un pouvoir médiatique*

Philippe Laget, *Les chiffres d'une planète de fous… ou de l'urgence d'un développement durable*

Thomas Lepeltier, *Vive le créationnisme ! Point de vue d'un évolutionniste*

Liane Mozère, *Fleuves et rivières couleront toujours. Les nouvelles urbanités chinoises*

Pierre Musso, *Sarkoberlusconisme : la crise finale ?*

Pascal Noblet, *Pourquoi les SDF restent dans la rue*

Dominique Méda, *Travail : la révolution nécessaire*

Philippe Meirieu, Pierre Frackowiak, *L'éducation peut-elle être encore au cœur d'un projet de société ?*

Manuel Musallam (avec Jean-Claude Petit), *Curé à Gaza*

Yves Paccalet, Gilles Vanderpooten, *Partageons ! L'utopie ou la guerre*

Jéromine Pasteur, Gilles Vanderpooten, *La vie est un chemin qui a du cœur*

Pierre Rabhi, *La part du colibri. L'espèce humaine face à son devenir*

Laurence Roulleau-Berger, *Désoccidentaliser la sociologie. L'Europe au miroir de la Chine*

Youssef Seddik, Gilles Vanderpooten, *Unissons-nous ! Des révolutions arabes aux indignés*

Youssef Seddik, *Le grand malentendu. L'Occident face au Coran*

Youssef Seddik, *Nous n'avons jamais lu le Coran*

Mariette Sineau, *La force du nombre. Femmes et démocratie présidentielle*

Benjamin Stora (avec Thierry Leclère), *La guerre des mémoires. La France face à son passé colonial*

Benjamin Stora, *Algérie 1954*

Didier Tabuteau, *Dis, c'était quoi la Sécu ? Lettre à la génération 2025*

Jacques Theys, Christian du Tertre, Felix Rauschmayer, *Le développement durable, la seconde étape*

Christian Vélot, *OGM : un choix de société*

Jean Viard, *Fragments d'identité française*

Jean Viard, *Lettre aux paysans et aux autres sur un monde durable*

Jean Viard, *Nouveau portrait de la France. La société des modes de vie*

Patrick Viveret, *Reconsidérer la richesse*

Patrick Weil, *Être français. Les quatre piliers de la nationalité*

Achevé d'imprimer en décembre 2011
sur les presses de l'imprimerie
« La Source d'Or », 63039 Clermont-Ferrand
pour le compte des éditions de l'Aube
rue Amédée Giniès, F-84240 La Tour d'Aigues

Numéro d'édition : 490
Dépôt légal : décembre 2011
N° d'impression : 15564

*Imprimé en France*

PEFC/10-31-2008

*Dans le cadre de sa politique de développement durable,
La Source d'Or a été référencée IMPRIM'VERT®
par son organisme consulaire de tutelle.
Cet ouvrage est imprimé - pour l'intérieur -
sur papier bouffant "Munken Print Cream" 80 g
provenant de la gestion durable des forêts,
des papeteries Arctic Paper, dont les usines ont obtenu
les certifications environnementales ISO 14001 et E.M.A.S.*